«Perché cotanto in noi ti specchi?»

Saga K. Rosenthal

Die Kritiker

© 2022 Saga K. Rosenthal

ISBN Softcover: 978-3-347-52018-9
ISBN Hardcover: 978-3-347-52023-3
ISBN E-Book: 978-3-347-52025-7
Druck und Distribution im Auftrag des Autors:
tredition GmbH, Halenreie 40-44, 22359 Hamburg, Germany
Umschlaggestaltung: Saskia Karges
(Foto: Ron Lach, www.pexels.com)
Satz Garamond (InDesign)
Perché cotanto in noi ti specchi? auf Seite 1 und 55: L'Inferno (Divina
Commedia, Canto XXXII, 52-54) von Dante Alighieri.

Die Kritiker
Saga K. Rosenthal

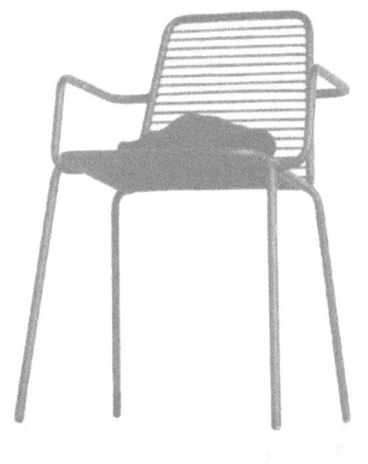

Andrea Cinti

Der Vater

Das Kind/Der Wahnsinn

Die Lust

Anna Scalfaro

Stimme von Sara Follieri auf dem Anrufbeantworter

On Stage

AKT 1

Teddy, Schmusedecke.

Ein Schlafzimmer, relativ schlicht, geschmackvoll und doch monoton eingerichtet. Ein breites Bett mit Nachtischkästchen, am Boden ein Teppich, ein Sessel, am Boden ein paar Kissen, wie achtlos aus dem Bett geworfen. Ein roter Seidenschal, der sich in der Nachttischschublade befindet.

Beleuchtung: zu Beginn ist es Nacht, die Beleuchtung scheint nur von der Nachttischlampe zu kommen, die der Protagonist anknipst.

AKT 2

Das Bett steht im Zentrum des Raumes, hinter dem Bett ist ein Vorhang eingezogen, der Bettvorleger liegt davor.

Beleuchtung: es ist Morgen, Sonnenlicht erhellt das Zimmer. Im Laufe des Aktes ändert sich die Beleuchtung in Gewitterstimmung, wird düster.

AKT 3

Hinter dem Bett stehen auf einem Podium drei Sessel, davor in der Mitte der Sessel aus dem 1. Akt. Alles andere ist verschwunden.

Beleuchtung: Wechselt von Gewitterbeleuchtung immer mehr ins Rot. Die drei Personen im Hintergrund sind am Anfang alle gleich beleuchtet, so wie die beiden Protagonisten im Vordergrund, danach werden bis auf den Wahnsinn alle langsam nacheinander ausgeblendet, das Kind/der Wahnsinn wird schließlich rot, genau wie der Protagonist angeleuchtet. Anna dagegen stets weiß und hell.

1

Der Vorhang ist geschlossen, während die Zuschauer den Saal betreten. Im Spotlight sind zwei Personen zu erkennen. Andrea hinter Anna, die am Rand der Bühne steht, der Seidenschal liegt um ihren Hals, er erwürgt sie. Sie mit verzweifeltem, er mit einem Gesichtsausdruck der von Wahnsinn gezeichnet ist. Sie hat die Hand im Seidenschal wie um ihn abzuwehren. Die Szene ist statisch, es findet keine Bewegung statt. Wenn alle sitzen und Stille im Saal einkehrt, zieht Andrea das Tuch weg und Anna sinkt zu Boden. Andrea verlässt die Bühne. Das Licht geht aus.

Anna steht in ihrem weißen Sommerkleid vor den Vorhang. Anfangsmonolog.

ANNA Jetzt bin ich also tot. Gestorben. Seltsam. Ich hatte mir sterben schlimmer vorgestellt. Sterben. Ich bin gestorben. Nein! Ich bin nicht einfach so gestorben. Ich wurde ermordet. Erwürgt. Von dem Mann, den ich geliebt habe. Und von dem ich glaubte, dass er auch mich liebt. Komisch, nicht wahr? Man liest davon des Öfteren in der Zeitung. Und dann schüttelt man den Kopf und fragt sich „Wieso hat die das nicht gemerkt, was das für ein Kerl war?". Oder: „Was hat sie nur getan, den Typen so zu reizen, dass er ausrastet." Vielleicht spekulieren auch die Nachbarn: "Der Giuseppe, das war doch so ein ganz Lieber. Der konnte doch keiner Fliege was zu Leide tun. Pino haben wir ihn immer genannt. Der hat mir einmal geholfen, den Weihnachtsbaum in die Wohnung zu tragen, als der Stefano einen Hexenschuss hatte. Oder „Ja, der Bernardo, der war schon immer brutal, besonders, wenn er was gesoffen hat." Vielleicht tuscheln sie aber auch hinter deinem Rücken. „Ja, ja, die Beate, das war schon immer so ein Flittchen, die hat dem Valerio schon die ganze Zeit Hörner aufgesetzt. War doch klar, dass der das irgendwann spitzkriegt und ausrastet. Der kommt doch aus dem Süden. Da haben die ein ganz anderes Verständnis von Ehre." Vielleicht passiert es aber auch in einem Viertel, das etwas heruntergekommen ist. Und dann sagt man sich gewöhnlich, dass es am Milieu liegen muss, vielleicht waren Drogen im Spiel, vielleicht Alkohol, wenn das Pack sich gegenseitig den Schädel einschlägt. So denkt man doch gewöhnlich, wenn man die Zeitung aufschlägt, nicht wahr? Diese stille Befriedigung, dass es nicht in der eigenen Nachbarschaft passiert ist. Gemischt mit ein bisschen Häme. Fast immer Bedauern mit dem Opfer. Manchmal ein bisschen Fassungslosigkeit, vielleicht über die allgemeine Verrohung der Gesellschaft. Früher hat es das doch nicht gegeben, nicht wahr? Genugtuung für das Bedürfnis nach stiller Rache, wenn der Richter das Schwein für Jahre im Knast einbuchtet. Manchmal rümpft man aber auch die Nase, wenn er ihn stattdessen in die Psychiatrie verfrachtet. Ein Mörder bleibt schließlich ein Mörder, ganz egal wie verdreht er im Kopf war. Ein Klassiker, das mit der schwierigen Kindheit. Man hat doch stets eine Wahl, nicht? Man hatte es ja selbst auch nicht immer leicht. Aber deswegen würde man selbst doch nie jemanden umbringen. Oder? Was werdet ihr wohl über mich, Anna, in der Zeitung lesen? Morgen, wenn sie mich finden? Oder vielleicht auch erst übermorgen? Was werdet ihr empfinden? Denken, wenn ihr mein Foto seht? Ein junge, erfolgreiche Frau, ach um die war es aber schade? Sicher werdet ihr ein Urteil fällen. Obwohl keiner von euch mich kannte. Keiner von euch kannte Andrea, meinen Mörder. Auch ich kannte ihn offensichtlich nicht. Kannte nicht die Abgründe in ihm. Vielleicht wollte ich sie nicht sehen? Vielleicht lag alles offen vor mir, wie ein aufgeschlagenes Buch. Aber entweder hatte ich meine Brille nicht auf, oder das Buch war in einer Sprache, die ich nicht verstehen konnte. Vielleicht war das Buch aber auch der Horrorroman eines ganzen Lebens. Und ich habe mich am Schrecken berauscht, aber glaubte, es würde bloß ein Buch bleiben? Eine fiktive Biographie? Vielleicht dachte ich, ich könnte ihm helfen, nur ich allein. Ich weiß es nicht, Sie wissen es auch nicht. Ich bin mir nur über eine Sache sicher und das dürfen Sie auch sein: ich wurde getötet. Von Andrea. Ich. Bin. Tot. *(Ab)*

DER VORHANG ÖFFNET SICH. DAS ZIMMER IST DUNKEL, ES IST NACHT UND ANDREA WÄLZT SICH UNRUHIG IM BETT HIN UND HER. IM HINTERGRUND IST DIE SILHOUETTE EINES MANNES ZU SEHEN, DER SCHEINBAR NEBEN DEM BETT STEHT. DAS DIFFUSE LICHT, DAS SEINEN KOPF BELEUCHTET, WECHSELT VON WEISS ZU ROT, FLACKERT. BEI ROT WIRD STETS DER MANN AM BETT ANGE-LEUCHTET. SCHLIESSLICH WIRD ES GLEISSEND HELL UND ANDREA FÄHRT MIT EINEM SCHREI AUS DEM SCHLAF AUF. DIE FIGUR AN DER BETTSEITE ZIEHT SICH ZURÜCK. ANDREA SETZT SICH IM BETT AUF, REIBT SICH DIE AUGEN, SCHLÄGT DIE HÄNDE VOR DAS GESICHT, RAUFT SICH DIE HAARE. SCHLIESSLICH SCHIEBT ER DIE DECKE ZUR SEITE, SCHWINGT DIE BEINE AUS DEM BETT UND KNIPST DIE NACHT-TISCHLAMPE AN. ER BLEIBT EINEN MOMENT SO SITZEN UND VER-BIRGT DEN KOPF IN BEIDEN HÄNDEN.

ANDREA Ich habe geträumt. Schon wieder ein Albtraum. *(greift nach dem Wecker)* 4:33 Uhr. In zwei Stunden klingelt der Wecker. Oh Gott, hört das denn nie auf? *(Schweigt, wie um nachzudenken)*. Nein, natürlich hört es nie auf. Wach oder schlafend, das ist schon beinahe egal. Alles ist ein einziger Albtraum. Wenn ich aufwache, bin ich allein. Wenn ich träume, erlebe ich wieder und wieder, wie sie mich verlassen. Einer nach dem anderen. Meine ganze Familie. Meine Mutter starb schon vor fast dreißig Jahren. Es kam ganz plötzlich. Am Morgen hat sie mir noch eine Schüssel Cornflakes hingestellt. Einen Apfel hat sie mir auch hinein geschnippelt, für die Vitamine. Daran erinnere ich mich noch ganz genau. Und dann am Nachmittag, als ich aus der Schule kam, finde ich sie an der Treppe. Ein Blutgerinnsel im Gehirn… und ab da erkannte sie mich nicht mehr. Sie vegetierte noch einige Monate vor sich hin. Dann fing sie sich im Krankenhaus einen Keim ein und von da ab ging alles ganz schnell. Ich war erst vierzehn.

(Das Kind betritt die Bühne, den Teddy ganz fest an sich gedrückt, eine Schmusedecke hinter sich herziehend. Suchend, lässt sich schließlich auf einem der Kissen auf dem Boden nieder.)

KIND Ich vermisse Mama immer noch. Es war schrecklich, als wir nur noch zu dritt waren, Papa, Riccardo und ich. In der Schule haben sie mich irgendwann gehänselt, ich wäre ja nur so komisch und mein Bruder so ein dummer Streber, weil wir keine Mutter mehr hätten.

ANDREA Diese verdammten Bengel. Was wussten die denn schon über uns?

KIND Vater wäre außer sich gewesen, wenn wir mit schlechten Noten nach Hause gekommen wären. *(Ballt die Fäuste)* Oder uns mit einem von denen geprügelt hätten.

Andrea und Kind gemeinsam *(ironisch)* „Ein Cinti tut so etwas nicht. Wir sind nicht wie diese Leute hier."

ANDREA Vater ließ uns stets glauben, wir seien etwas Besseres. Wir hätten mehr Kultur, mehr Tradition, mehr was weiß ich was als die, die schon ewig hier lebten. Woher er diese Sicherheit nahm? Wir waren Einwanderer, genau wie die meisten anderen auch. Wir waren vielleicht ein bisschen anders…

KIND …aber waren wir wirklich besser? Ich habe mich nie so gefühlt. Aber Papa hat gesagt, ich soll die Nase immer hochtragen.

ANDREA Vor fünf Jahren starb mein Vater. Leberkrebs. Er wurde gewalttätig. Im Krankenhaus attackierte er mich, schlug um sich. Schlug mich. Ich bin Arzt, ich weiß was zu tun ist. Mein Vater hatte doch keine Ahnung von seiner Behandlung. Woher soll ein alter Mann das auch wissen. Trotzdem warf er einmal sein Wasserglas nach mir. Die Narbe an der Stirn schmerzt manchmal immer noch. Dabei wollte ich doch nur helfen. *(schweigt und reibt sich die Stirn)* Wann immer ich nicht arbeitete, flog ich nach Hause. Ich tat alles, um ihm beizustehen. Jeden Monat zweimal um den halben Erdball. Er dankte es mir nicht. Natürlich. Und am Ende war ich froh, als er endlich ging. Trotzdem… ich fühle mich schuldig, so erleichtert zu sein, denn…

VATER *(betritt während des Monologs schwer auf seinen Stock gestützt die*

Bühne, polternd) Denn so denkt man nicht über den eigenen Vater! Du solltest dich wirklich schämen.

ANDREA *(senkt den Kopf)* Ich schäme mich ja.

VATER Aber scheinbar nicht genug, sonst hättest du solche Gedanken überhaupt nicht. Hat dir dein Vater nicht alles gegeben? Das Studium bezahlt? Das Leben ermöglicht, dass du jetzt führst?

ANDREA Ja. Ich muss mich mehr anstrengen, solche Gedanken nicht mehr zu haben.

(Der Vater lässt sich daraufhin schwer atmend in den Sessel sinken)

ANDREA *(leise)* Aber wie soll man sich solcher Gedanken erwehren, bei all dem, was ich erlebt habe. Das Wasserglas war ja nur der Höhepunkt von allem, was vorher war. All die Beschimpfungen, die Erniedrigungen… aber das ist nun vorbei. Nun bin ich allein. Dieses Gefühl der Einsamkeit. Als ob um mich herum auf alle Welt die Sonne scheint, nur um meinen Kopf türmen sich die Regenwolken. Gewiss, Anna ist an meiner Seite. Und nun träume ich, dass sie mich verlässt. Dass sie tot ist. Dass ich sie umgebracht habe…

KIND *(nachdenklich)* Tot. Genau wie mein Bruder. Kurz nachdem Papa gestorben ist.

ANDREA *(schlägt Hände vor das Gesicht, reibt sich verzweifelt die Augen)* Und das war zum Teil sicher auch noch meine Schuld.

VATER *(Schüttelt nachdenklich den Kopf)* So ein Unsinn. Riccardo hat sich selbst das Leben genommen. Das war doch abzusehen. Es war ja nicht der erste Versuch. Riccardo war immer schon depressiv. Er war ein Genie. So begabt. Hochintelligent. Er hätte es weit bringen können. Informatiker werden doch heutzutage überall händeringend gesucht.

ANDREA Vater war jedes Mal noch rechtzeitig zur Stelle. Wie oft hat er ihn gefunden? Wie oft haben sie ihm den Magen ausgepumpt? Und keiner weiß, wie er immer an diesen Tablettencocktail kam. Einmal brauchte er eine Transfusion, weil er sich die Pulsadern aufgeschnitten hatte. Jedes Mal, jedes verdammte Mal sprang ich in den nächsten Flieger. *(leise)* Ich hatte so gehofft, dass es mit Vaters Tod anders würde. Dass nur der Druck, den mein Vater immer auf ihn ausgeübt hatte, der Grund war, dass Riccardo depressiv war. Dass mein Bruder, genau wie ich, endlich aufatmen und leben konnte. Mein Bruder war ein Genie in Mathematik und doch zwang ihn mein Vater mit seinem eigenen Ehrgeiz dazu, stattdessen Informatik zu studieren. Als Mathematiker, im stillen Kämmerlein Theorien austüftelnd, wäre Riccardo vielleicht glücklich geworden. Doch Vater konnte er sich nicht widersetzen. Vater wollte, dass seine Söhne einmal viel Geld verdienen. Und was verdient man schon in der Wissenschaft? Riccardo hätte seinen Traum endlich leben können, nachdem Vater nicht mehr da war. Jede Universität hätte ihn sofort eingestellt. Jede! Doch stattdessen hat er dieses eine Mal eine wirklich *(lacht zynisch auf)* todsichere Methode gewählt, als er von dieser Brücke sprang. Wirklich, ich hatte fest daran geglaubt, dass es nur Vaters Schuld war, und alles wieder gut würde, wäre Vater erst begraben. Hätte Riccardo nur den Mut gehabt, so wie ich ins Ausland zu gehen. Weit weg vom Einfluss unseres Vaters. Natürlich, auch ich konnte nur mit seinem Segen wegziehen und auch nur hierher, ins Land meiner Großeltern. Doch Riccardo hat diesen Schritt nie getan, nie gewagt, was weiß ich. Kaum ein halbes Jahr, nachdem unser alter Herr das Zeitliche gesegnet hat, gab Riccardo endgültig auf. Wie konnte ich nur übersehen, dass mein Bruder trotz allem so von Vater abhängig war. Dass er ohne unseren Vater wirklich den letzten Schritt gehen würde? Wollte er nicht verstehen, dass alles Vaters Schuld war? Gut, ich habe selbst Jahre gebraucht, um es zu verstehen. Aber… ich war weit weg. Als es geschah, war ich war auf der Arbeit… als der Anruf kam, sie hätten meinen Bruder gefunden. Ob es anders gekommen wäre, wäre ich zu Hause gewesen? Dabei wollte ich doch nur mein Leben leben und mich selbst…

(Eine Frau kommt herein, lässt sich hinter ihm auf das Bett fallen, während sie ihm anzüglich über den Oberschenkel streichelt)

LUST …auch ein wenig austoben. Als mein Bruder noch unter der Fuchtel meines Vaters stand, musste immer alles husch, husch ein Geheimnis bleiben. Alles musste unter den Teppich gekehrt werden. Wollte ich nur mal irgendwen nach Hause bringen, hieß es immer: „Denk an deinen Bruder.", „Mach deinen Bruder nicht unglücklich, er hat doch so wenige Freunde." Oder *(mit schnippischer Stimme)* „Dein Bruder hatte noch nie eine Freundin." Es war fast, als müsste ich mich dafür schämen, Freunde zu haben, eine Beziehung, oder gar Sex zu wollen. Seit Mutters Tod gab es zu Hause so etwas wie Zuneigung oder Herzlichkeit nur noch in allerkleinsten Dosen. Als Belohnung für gute Leistungen. Für erwünschtes Verhalten. Ich sollte niemanden nach Hause bringen, meinem Bruder zuliebe. *(bitter)* Wohingegen unser alter Herr ja keine sieben Jahre nach Mutters Tod bereits wieder verheiratet war. Wo ist der Unterschied? Warum sollte meine Beziehung meinen Bruder unglücklich machen, während unser Vater glücklich sein durfte? *(Verächtlich)* Und dabei hatte er bei seiner Auswahl wirklich keinen guten Geschmack bewiesen.

ANDREA Wie oft war ich niedergeschlagen, weil mir mein Bruder immer als das leuchtende Vorbild präsentiert wurde? Das Musterkind. Das Genie. Der brave Junge. Mein Gott. Mein Vater ließ keine Gelegenheit aus, mir immer wieder klarzumachen, dass Riccardo die Nummer eins war. Und ich? Was war ich dann? Zählte ich denn überhaupt? War ich denn gänzlich wertlos? Irgendwann mochte ich meinen Bruder nicht mehr leiden. Ich rebellierte. Sollte Vater doch mit ihm glücklich werden und mich zufriedenlassen. Stattdessen wurde es noch schlimmer. Denn als ich nicht mehr versuchte, das brave Kind zu spielen, hackte nicht nur mein Vater auf mir herum, sondern auch Riccardo versuchte, mich ganz in Einklang mit Vaters Ideen zu bringen. Ich sollte am besten genau ein solcher Streber werden wie er. Alles, was darauf ausgelegt war, später einmal Geld zu verdienen, war in ihrer beider Augen gut. *(leise)* Sie spuckten auf das, was mir Spaß machte.

Wie sehr liebe ich die Kunst, Musik, Schriftstellerei. Ich spielte im Schultheater und es war großartig. Ich war großartig. Und die beiden verachteten es nur als brotlose

Kunst, Unsinn, wenn man später einmal viel Geld verdienen sollte. Sie waren zu verbohrt, um es zu verstehen. In ihrer Welt, in der es nur ums Geld ging, existierte so etwas einfach nicht. Um damit vor der Verwandtschaft und den Nachbarn anzugeben taugte es natürlich allemal! *(Bläst sich auf)* Habt ihr schon gehört, mein Sohn spielt die Hauptrolle im Schultheater. Mein Sohn singt das Solo im Chor. Mein Sohn hat einen Preis für einen Aufsatz gewonnen und die Zeitung hat ihn abgedruckt. *(Bitter)* Ja, dafür taugte ich. Ich wollte doch nur leben, frei. Ungezwungen. Nicht so wie mein Bruder. Ich glaube, er verlor sein Leben schon, als er noch sehr jung war, denn Leben konnte man es wirklich nicht nennen. Und damit verlor ich meinen Bruder schon vor langer, langer Zeit. Und jetzt ist er tot und ich bin noch am Leben und träume von Anna, dass ich sie umbringe, dass ich sie von einer Brücke stoße…

KIND Die Western Bridge. Die Brücke von der Riccardo…

ANDREA Und manchmal… wenn sie mir mit ihrer Sturheit auf die Nerven fällt, bin ich wieder in diesem Traum. Mitten am Tag. Und der Gedanke macht mir dann noch nicht einmal Angst.

VATER *(herrisch)* Mein Gott, wie kann man nur so verkorkst sein. Das Mädchen hat es aber wirklich nicht leicht mit so einem wie dir!

ANDREA *(fährt auf)* Das stimmt nicht! Das ist nicht wahr! Ich behandle Anna immer gut!

LUST *(hinterlistig)* Ach ja? Tust du das? Oder doch nur dann, wenn es dir nützt? Ach, was bist du doch charmant, wenn du sie ins Bett kriegen willst, auch wenn mal sie keine Lust hat. Hast du nicht eben noch etwas ganz anderes gesagt?

ANDREA *(dreht sich wütend um)* Das ist gelogen. Ich würde Anna nie zu etwas zwingen!

VATER Tja. Zwingen ist relativ. Man kann seinen Willen auch ohne offensichtlichen Zwang durchsetzen.

KIND *(Zählt an der Hand ab)* Genau! Durch Überreden. Durch Schmeichelei. Oder durch Herumschreien. Oder Weinen…

VATER Oder jede beliebige andere Form der Manipulation.

KIND *(zählt immer noch)* …Böse Wörter sagen. Gemein sein. *(unterbricht sich)* Die letzte Nachricht an Anna war gemein!

LUST *(mit enttäuschter Stimme)* So gemein, dass sie mit Sicherheit eine Woche lang keine Lust auf Sex haben wird.

ANDREA Darum ging es gar nicht!

KIND *(nachdenklich, aber zufrieden)* Bestimmt hat sie wieder ganz schrecklich geweint. So wie neulich. *(Klammert sich an den Teddy wie um Bestätigung zu suchen)*

ANDREA Die Nachricht war absolut gerechtfertigt! Unglaublich! Sie wollte einfach nicht einsehen, dass…

VATER *(sarkastisch)* Ja, ja. Da kann einem schon mal der Gaul durchgehen. Besonders wenn man schon von vorneherein zu so einem Jähzorn neigt. Schon als Kind warst du unberechenbar und bist bei jeder Gelegenheit aus der Haut gefahren. Eine ordentliche Tracht Prügel hätte ich dir damals schon verabreichen sollen. Aber deine Mutter war ja dagegen. Das hätte dir dieses Verhalten schon frühzeitig ausgetrieben.

LUST *(schmeichelnd)* Lass hören, wollte sie dir nur einfach nicht Recht geben? Wo dir doch nichts wichtiger ist, als Recht zu haben, und wenn du tausendmal im Unrecht bist.

KIND *(mit naiver Stimme)* Und weil sie das nicht verstanden hat, hast du sie bestraft? Als ob sie einen Tintenklecks ins Mathebuch gemacht hat und die Lehrerin deswegen wütend wird? Oder Riccardo schimpft, weil du mit pappigen Fingern seine Bücher angefasst hast?

ANDREA Nein, so nicht! Ich war wirklich im Recht! Und sie wollte es einfach nicht verstehen!

LUST *(abfällig)* Worauf beruht eigentlich dein Verständnis von Recht und Unrecht? Das erklär uns das doch mal!

ANDREA Weil ich alles durchdenke, alle Eventualitäten berücksichtige und ich immer jedes Für und Wider abwäge. Und ich mich dabei auf allgemein festgelegte und gültige Normen, Rechte und Werte stütze!
LUST Allgemein festgelegt? Pah! Von wem denn?

ANDREA Das kann man alles in der Philosophie, Ethik und in den Gesetzesbüchern nachlesen. Krischnamurti zum Beispiel schrieb…

LUST Hör mir doch auf mit Krischnamurti! Ich wage zu bezweifeln, dass du das auch nur ansatzweise verstanden hast, was er schreibt. Außerdem ziehst du doch sowieso nur den Teil von Recht und Gesetz in Betracht, der dir gerade in den Kram passt. Du würdest selbst die passende Stelle in der Bibel finden oder Koransuren zitieren, sollte dir irgendwann einmal ein sehr junges Ding gefallen. Wo du doch sonst jede Religion strikt ablehnst. Und ja, ja, die liebe Philosophie. Kant! Nietzsche! Und wie sie nicht alle heißen…

VATER *(unterbricht sie)* Ich bin mir sehr sicher, dass du das Für und Wider nicht vollständig abgewogen hast, besonders vor deiner letzten Nachricht an Anna. Und selbst wenn du nicht so angetrunken gewesen wärst, dann bleibt es immer noch genau das: Unsinn!

LUST *(ihm anzüglich in den Schritt greifend)* Und außerdem, welcher richtige Mann trinkt schon Rosé?

ANDREA *(wehrt sie entsetzt ab)* Auch wenn ich einiges intus hatte, und mein Ton deshalb ein wenig harscher ausgefallen ist, so ändert das nichts daran, dass ich Recht hatte. Und ich bin intelligent, und mein Gehirn ist sehr wohl in der Lage, die Eventualitäten zu berücksichtigen, die unter diesen Umständen…

LUST Ohhhh! Du hast eindeutig das Falsche studiert! Jurist hättest du werden sollen. Oder Politiker. Im Wahrheiten verdrehen bist du einsame Spitze.

VATER Alles Unsinn. Aus ihm hätte ein Ingenieur werden sollen. Ingenieure werden überall gebraucht. Anwälte und Politiker haben wir weiß Gott mehr als genug. Schlechte Ärzte auch. Kurpfuscher! Einer schlimmer als der andere. Dieses Land geht noch vor die Hunde, nur weil dieses Pack von unfähigen…

KIND *(fällt dem Vater ins Wort)* Aber Medizin ist doch gut! Damit kann man Menschen helfen. Wenn ich schon früher mehr über Medizin gewusst hätte, hätte ich vielleicht Mama helfen können…

LUST Außerdem, ein Arzt im weißen Kittel wirkt unglaublich attraktiv auf Frauen. Der Wolf im Schafspelz! Der Mann, dem die Frauen vertrauen.

KIND …und dann würde Mama noch leben. Und Riccardo auch. Wenn ich gewusst hätte, was ich tun muss, um Mama zu helfen, als sie so schlimme Kopfschmerzen hatte, dann hätte sie mich nicht vergessen. Und Riccardo auch nicht. Und Riccardo wäre nie so traurig geworden. Es ist alles meine Schuld, weil ich nicht wusste, was ich tun muss. Als Papa endlich nach Hause kam und den Notarzt gerufen hat, war es schon alles zu spät und sie ist ins Koma gefallen. Und als sie wieder aufgewacht ist, gab es mich nicht mehr. Und alles nur, weil ich nicht wusste, was zu tun ist. Und stattdessen nur neben ihr saß und nur geweint habe.

ANDREA *(wütend)* Mutter ist tot und es ist nicht meine Schuld! Hör endlich auf damit!

KIND *(kauert sich verängstigt mit dem Teddy in die Kissen und nickt kläglich)* Es war nicht meine Schuld. Es war nicht meine Schuld! Das Blutgerinnsel war schuld. Es ist die Schuld von Mamas Körper. Ich war doch noch so klein. *(Leise und in Andreas Stimme untergehend).* Und ich will auch nicht, dass Anna weg geht.

ANDREA *(sich in die Erregung hineinsteigernd)* Aber Anna lebt noch und ich träume immer wieder von ihrem Tod. Oder dass sie mich verlässt. Ich will nicht, dass Anna mich verlässt. Anna wird bei mir bleiben, ich will sie heiraten. Eine Familie mit ihr haben. Auch Kinder. Und ich werde meine Kinder besser behandeln, als mein Vater uns behandelt hat. Ich werde sie dazu erziehen, Kunst, Musik und Theater zu schätzen. Sie werden Unterricht darin bekommen. Ich werde sie nicht zwingen, Ingenieure zu werden. Oder Informatiker. Sie müssen studieren, natürlich, das gehört einfach dazu, aber sie dürfen es sich aussuchen. Und wenn sie ins Ausland gehen möchten, dann können sie das auch machen. Und wenn sie eine Freundin oder einen Freund gefundenen haben, dann sollen sie ihn ruhig mit nach Hause bringen. Und Anna und ich werden stolz auf sie sein und sie loben. Gleich morgen, wenn ich Anna das nächste Mal sehe, werde ich sie fragen, ob sie meine Frau werden möchte. Sie wird ja sagen und ich werde nie wieder träumen, dass sie mich verlässt. Ich werde glücklich sein, wenn sie bei mir ist.

(Alle machen ungläubige Gesichter, schütteln den Kopf, das Kind kichert.)

ANDREA *(aufgeregt)* Gleich morgen werde ich einen Ring für Anna kaufen. Wie gut, dass die Putzfrau beim Aufräumen einen ihrer Ringe unter dem Bett gefunden hat. Dann kann ich beim Juwelier gleich einen in der richtigen Größe kaufen. Anna hat diesen Ring zwar schon gesucht, angeblich ist es ein Erbstück ihrer Urgroßmutter, aber ich hatte noch nicht die Gelegenheit, ihn ihr zurückzugeben. Ja, gleich morgen werde ich einen Verlobungsring kaufen! Und wenn sie übermorgen von ihrer Dienstreise zurückkommt, werde ich ihr einen Antrag machen. Ganz romantisch muss es werden. Vielleicht unter einem alten Baum. Ich liebe Bäume und die Natur. In der Abendsonne. Aber das kann ich morgen noch genauer planen. Jetzt will ich noch ein wenig schlafen. Morgen ist Samstag, aber ich muss trotzdem zur gewohnten Zeit aufstehen. Nicht mehr allzu lange, dann klingelt der Wecker! Ich sollte wirklich weniger Kaffee tagsüber trinken, dann wache ich bestimmt in Zukunft auch nachts nicht mehr auf.

(Andrea geht beschwingt zurück ins Bett, knipst das Nachtlicht aus. Die Beleuchtung wird wieder düster, die anderen verlassen als dunkle Gestalten einer nach dem anderen die Bühne, zuerst die Lust, dann der Vater, schließlich das Kind. Man sieht Andrea, der kurz ruhig daliegt, dann sich im Schlaf hin und her wälzt. Vorhang.

Der Vater betritt die Bühne, schwer auf seinen Stock gestüzt)

VATER Mein Sohn wird also einmal ein Mörder werden. Seltsam, nicht wahr? Ein komisches Gefühl, der eigene Sohn. Hatten Sie Mitleid mit ihm? Eine wirklich tragische Geschichte. Die Mutter stirbt, der Bruder begeht Selbstmord. Ich werde vom Krebs dahingerafft. Vielleicht haben sie mir dieses Schicksal sogar gegönnt, denn so wie es aussieht bin ich ein Tyrann, der die Kindheit meines Sohnes überschattet hat. Sie haben eben einen Einblick in sein Seelenleben gewonnen. Nun, ich will Sie wirklich nicht mit meinen Kriegserlebnissen aus Vietnam belasten, wirklich nicht. Ich wollte, dass meine Kinder es einmal besser haben als ich, nicht als Einwandererkinder abgestempelt werden. In der Armee verheizt werden, in den sinnlosen Kriegen, die dieses Land führt.

Andrea war schon immer ein Sensibelchen. Und er war immer eifersüchtig auf seinen großen Bruder. Fürchterlich neidisch. Sein Ehrgeiz beschränkte sich nur auf ein Ziel: besser zu sein als Riccardo. Zu haben was er hatte. Oder noch besser, zu bekommen was Riccardo nicht bekommen konnte. Wie oft hatte ich ihn gebeten, rücksichtsvoller mit seinem Bruder umzugehen, aber glauben Sie, es hätte irgendetwas bewirkt? Stattdessen wurde er noch verbohrter und seine Attacken auf Riccardo subtiler. Glauben sie, so jemand wäre als hungernder Künstler glücklich geworden? Er sehnte schon immer das herbei, was er nicht haben konnte. Ich kenne meinen Sohn und wollte, dass er eine Wahl hatte. Einen guten Beruf, der ihm Geld einbringen würde, sodass er gut und sicher leben konnte. Und meinetwegen die Kunst als Hobby. Ja, ich kenne meinen Sohn, er fängt tausend Sachen an und bringt sie nicht zu Ende. Aber er wollte das einfach nicht verstehen. Riccardo war da vernünftiger, zumindest dachte ich es. Er war nicht so ein Träumer wie Andrea. Nun habe ich sie beide verloren, wir werden uns niemals wieder sehen. Mörder und Selbstmörder kommen nicht in den Himmel. Aber was können wir Toten schon ausrichten? *(Ab.)*

2

DAS ZIMMER IST HELL, DIE MORGENSONNE SCHEINT DURCH DAS
FENSTER. ES IST NUR DAS BETT UND DER BETTVORLEGER IM
VORDERGRUND DER BÜHNE ZU SEHEN. ANDREA LIEGT IM BETT
UND SCHLÄFT RUHIG UND TIEF, GELEGENTLICH IST EIN SCHNARCHEN
ZU HÖREN. DAS SONNENLICHT BELEUCHTET DAS BETT UND GIBT
DER SZENERIE ETWAS HEITER IDYLLISCHES.

DANN LAUT VERNEHMLICHES AUFSCHLIESSEN EINES SCHLOSS-
ES, DAS KLAPPERN VON ABSÄTZEN, DAS ROLLEN EINES KOFFERS.
RASCHELN VON KLEIDERN. STILLE. DANN LEISES KLAPPERN VON
GESCHIRR. BRUMMEN EINER KAFFEEMÜHLE. LEISES SUMMEN.

ANNA SCHLEICHT AUF ZEHENSPITZEN INS ZIMMER. AUF EINEM
TABLETT TRÄGT SIE ZWEI TASSEN, EINE KAFFEEKANNE UND ZWEI
CROISSANTS. SIE TRÄGT EIN WEISSES KLEID MIT KOSTÜMJACKE. SIE
STELLT DAS TABLETT VOR DEM BETT AUF DEM VORLEGER AB UND
LÄSST SICH SELBST DARAUF NIEDER. LIEBEVOLL LÄCHELND SIEHT
SIE ANDREA AN.

ANNA *(mehr zu sich selbst)* Schatz, weißt du eigentlich, wie süß
du aussiehst, wenn du schläfst? Wie ein kleiner Junge. So
unschuldig. Und dann, wenn du wach bist, machst du solche
Sachen. Du schreibst mir Nachrichten, in denen ich dich
kaum wieder erkenne. Was ist da nur in dich gefahren?
Alles nur, weil ich im Kino einen unbedachten Kommentar über einen Film abgegeben habe, den du in den falschen
Hals bekommen hast. Dabei war es nur ein Witz. Einfach
nur ein Witz. Ich fand den Film wirklich nicht sonderlich
berauschend, es war einer von diesen Streifen, wie sie Holly-

wood jedes Jahr in Massen produziert. Eine platte, abgedroschene Story, das Ende ohne viel Fantasie vorhersehbar. Ein paar nette Computeranimationen und Special Effects. Keine Überraschungen, nichts. Wie konnte ich ahnen, dass gerade dieser Film für dich plötzlich zum Meisterwerk des Jahrhunderts werden würde? Du legst doch sonst so viel Wert auf Niveau. Und nun auf einmal so eine Wende? Ich verstehe dich nicht. Und meinen Witz hast du geradezu als persönliche Beleidigung aufgefasst. Als hätte ich dich angegriffen. Den ganzen Abend hast du geschmollt. Und ich wusste nicht ,warum. Natürlich habe ich gespürt, dass etwas nicht stimmt, aber als ich dich fragte, war deine Antwort nichts sagend. Und dann kam vorgestern auf einmal dieser Ausbruch. Ein Schwall von Textnachrichten. Warum hast du nicht einfach angerufen? Dann hätten wir in Ruhe darüber reden können. Stattdessen hast du mich in Grund und Boden gestampft, als sei ich eine Banausin und hätte von nichts eine Ahnung. Und von Filmen schon gar nicht. Natürlich, du hast vor Jahren mal diesen Kurs an einer Hochschule gemacht und verstehst etwas vom Fach. Aber warum soll man über Geschmack streiten? Mir gefiel dieser Film nicht. Es gab doch noch nicht mal etwas in diese Story hineinzuinterpretieren. Und physikalische Gesetzmäßigkeiten ändern sich auch nicht, nur weil Hollywood damit spielt. Ja natürlich, du verstehst auch etwas von Physik und vielleicht war mein Kommentar einfach nur dumm und unbedacht. Doch dein Ausbruch hat mir Angst gemacht. Behandelt man so einen Menschen, der einem nahe steht? Einen Freund? Einen Partner? Ich hätte nicht gedacht, dass du zu so etwas überhaupt fähig bist. Vielleicht hattest du aber auch einfach nur einen schlechten Tag. *(nachdenklich)* Ich erinnere mich, du hattest eine leichte

Erkältung und in der Nacht schlecht geschlafen. Und womöglich hattest du auf der Arbeit auch noch schwierige Patienten. Vielleicht war es deswegen. Ja, ganz sicher war es das. Später, nach dem Frühstück reden wir noch einmal in Ruhe darüber und dann wird sich alles aufklären. Aber erst einmal frühstücken. Und dazu muss ich dich wach bekommen. Du schläfst wie ein Murmeltier... *(Andrea schnarcht laut vernehmlich)* ...und schnarchst wie ein kleiner Bär. Was wirst du Augen machen, wenn du siehst, dass ich schon heute zurückgekommen bin. Die Fluggesellschaft war wirklich kulant. Mein Glück. So, dann wollen wir mal. *(Beugt sich über Andrea und küsst ihn auf die Stirn)* Schatz! *(Küsst ihn wieder)* Schatz, wach auf! Frühstück ist fertig. Kleiner Bär, aufwachen!

ANDREA *(fährt schlaftrunken auf)* Anna! Was machst du hier? Wie bist du überhaupt hier hereingekommen? Warum bist du schon da? Ich meine... also... wie schön, dass du da bist! Was für eine Überraschung. Ich... Wie geht es dir?

ANNA *(gespielt heiter)* Gut geht es mir! Und Frühstück habe ich auch mitgebracht. Sogar die Croissants von deinem Lieblingsbäcker um die Ecke. Sie sind noch ganz warm und frisch! *(Anna schenkt Kaffee in die Tassen, beobachtet von Andrea, der die Fäuste ballt und sie wütend anstarrt. Als sie sich wieder aufrichtet, knipst Andrea sein Lächeln wieder an.)* Hier nimm eine Tasse Kaffee, damit du richtig wach wirst.

ANDREA Vielen Dank, ausnahmsweise. Normalerweise trinke ich lieber schwarzen Tee zum Frühstück.

ANNA Ach? Seit wann denn das?

ANDREA Schon immer! Wenn du nicht da bist, trinke ich immer schwarzen Tee. Das bekommt mir besser und hält mich den ganzen Tag wach. Eigentlich trinke ich fast nie Kaffee.

ANNA Oh? Du hast nie etwas gesagt!

ANDREA Du hast auch nie gefragt.

ANNA Nein, so direkt gefragt habe ich dich wirklich nicht. Es tut mir leid, mein Schatz. Möchtest du lieber einen Tee?

ANDREA Nein, jetzt hast du den Kaffee ja schon gemacht. Ich werde es schon überleben.

(Spotlight auf Anna)

ANNA *(sich dem Publikum zuwendend, nachdenklich)* Ich bin mir sicher, dass er nie etwas erwähnt hat, dass er schwarzen Tee lieber mag. Hier in der Wohnung habe ich auch noch nie schwarzen Tee gesehen. Ich meine, wenn er Tee viel lieber mag, wieso hat er dann drei verschiedene Bohnensorten und sogar eine elektrische Kaffeemühle? Mokkatassen. Einen Milchaufschäumer? Bei mir zu Hause habe ich dutzende Sorten Tee. Aber schwarzen Tee wollte er noch nie. Nun, vielleicht ist der Tee leer und er ist noch nicht dazu gekommen, neuen zu kaufen. Und der Kaffee? Gut, wir sind noch nicht so lange zusammen, und vor kurzem ist seine Mitbewohnerin ausgezogen. Vielleicht hat sie die Sachen einfach hiergelassen, oder sie vergessen und Andrea wollte sie nicht wegwerfen. Das nächste Mal, wenn ich wieder dienstlich in Indien bin, werde ich ihm richtig guten schwarzen Tee mitbringen und…

ANDREA *(ihre Gedanken unterbrechend)* Sag, wieso bist du schon hier? Ich dachte, ich könnte dich morgen am Flughafen überraschen!

ANNA Zwei meiner Meetings wurden kurzfristig abgesagt. In unserer Zweigstelle in Dubai grassiert momentan eine üble Erkältungswelle. Wahrscheinlich wegen der Klimaanlage. Und jetzt hat es eben auch die Chefetage erwischt. Naja, ich bin so oft in Dubai, dass ich es schon in und auswendig kenne, deswegen habe ich bei der Fluggesellschaft angerufen und die haben meinen Flug ohne große Probleme auf heute Morgen umgebucht. Es ist schon von Vorteil, wenn man für einen Konzern arbeitet, mit dem sie sich auf alle Fälle gut stellen wollen! Und noch dazu habe ich ja mittlerweile die goldene Vielfliegerkarte. Weißt du was? Im Sommer werden wir meine Bonusmeilen auf den Kopf hauen und irgendwo gemeinsam hinfliegen, wo es schön ist. Bali! Was hältst du davon? Du warst doch auch noch nie dort. Und neulich von der Reportage im Fernsehen auch ganz begeistert!

ANDREA *(nickt überrascht)* Sehr gute Idee, das können wir machen. *(bestimmend)* In den ersten beiden Juliwochen!

ANNA Schatz, das wird schwierig. Das ist doch schon in vier Wochen. Du weißt doch, dass immer im Juli die Budgetplanungen für das nächste Jahr in der Firma ansteht. Die ganzen Berechnungen, ein Meeting nach dem anderen.

Wie immer kurz vor den Sommerferien. Ich würde Ende September vorziehen. Weißt du, noch einmal richtig Sonne tanken, bevor der Winter kommt. Dann sind dort auch weniger Touristen und wir haben Bali ganz für uns alleine. Oder November?

ANDREA *(zieht ein Schmollgesicht, ironisch)* Natürlich, deine Arbeit geht immer vor. Nichts ist wichtiger als deine Arbeit.

ANNA Schatz, das stimmt doch gar nicht. Nur in diesen beiden Wochen ist es etwas stressiger, und im Dezember. Natürlich kann ich nicht von einem auf den anderen Tag mein Team für zwei Wochen, ohne jede Vorbereitung alleine lassen. Was spricht denn gegen September? So haben wir doch viel mehr Zeit zur Vorbereitung. Und wenn das halbe Land in den Urlaub fliegt, gibt es sicher Probleme, noch Plätze zu bekommen, auch in der Business Class. Und so können wir auch noch ein bisschen planen, was wir alles sehen wollen. Ich mag einfach nicht völlig unvorbereitet in ein fremdes Land reisen.

ANDREA Trotzdem, meine Patienten sind auch wichtig. Und im Juli ist keiner da, weil alle am Meer sind. Und im September ist dann wieder die Hölle los. Und natürlich sind Menschenleben immer wichtiger, als die Finanzplanung irgendeines Großkonzerns.

ANNA Natürlich hast du da vollkommen Recht! Jeder Verletzte, der in deiner Notaufnahme landet, muss sofort versorgt werden. Aber du hast auch ein Recht auf eine Pause. Sicher, unsere Finanzplanung erscheint da lächerlich unwichtig.

ANDREA Siehst du…?

ANNA Aber ich bin ja nicht die Chefin der Globalen Finanzabteilung für irgendeine ausbeuterische Heuschrecke, die in den hintersten Winkeln der Welt ihre Produkte mit Kinderarbeit herstellt. Wir versuchen die Welt zu ernähren, indem wir Dünger herstellen und ihn so günstig wie möglich verkaufen, damit viele Menschen satt werden. Und dafür muss ich um die Welt fliegen und leider im Juli eben planen. Stell dir vor, wir würden das nicht mehr machen? Binnen eines Jahres wäre unser Konzern pleite und im Jahr darauf wären Teile der Welt wieder vom Hunger bedroht. Mein Chef sagt, ich bin die Beste und arbeite ganz hervorragend. Nur mir verdanken sie es, sagt er, dass wir finanziell so erfolgreich sind, weil ich immer so gute Einfälle habe und Probleme unkonventionell angehe. Und er sagt auch…

ANDREA Und was hat das mit unserem Urlaub zu tun, was dein Chef sagt? Du klingst ja schon, als hättest du euren Werbeprospekt auswendig gelernt. Es ist mir egal, was der Typ sagt, vermutlich ist er bloß scharf auf dich. Ich bleibe bei meiner Meinung, meine Patienten sind wichtig und ich kann nur im Juli!

ANNA Dann müssen wir den Urlaub wohl verschieben. Schade, dass wir keinen Kompromiss finden können.

ANDREA Das liegt ja wohl nur an dir und deinen ewigen unaufschiebbaren Meetings!

ANNA Andrea, es sind genau zwei Wochen, in denen ich nicht

kann! Und genau auf diese zwei Wochen bestehst du jetzt.

ANDREA Ja und? Wenn ich eben nur in diesen zwei Wochen kann? Wieso glaubst du denn bitte, dass nur du das Recht hast, Zeiträume festzulegen, ich aber nicht?

ANNA Ok. Lass uns nicht weiter streiten…

ANDREA *(wütend)* Ich streite überhaupt nicht! Ich versuche nur vernünftig mit dir zu reden. Aber das hat ja scheinbar keinen Sinn, du reagierst ja sowieso komplett übersensibel. Lassen wir dieses leidige Thema jetzt. *(wendet sich demonstrativ seinem Frühstück zu und ignoriert Anna völlig.*
Anna sieht eine Weile schweigend zu. Schließlich schlägt sie die Hände vor das Gesicht und bricht in leises Schluchzen aus. Andrea reagiert nicht darauf. Dann erhebt sich Anna, um das Zimmer zu verlassen. Das Telefon klingelt)

TONBAND DES ANRUFBEANTWORTERS Dies ist der Anschluss von Andrea Cinti. Ich bin im Moment leider nicht zu erreichen. Bitte hinterlassen Sie eine Nachricht nach dem Signalton. *(Es ertönt ein Piepton)*

SARA *(schmeichelnd und lockend)* Andrea, mein Süßer! Deine Flamme kommt doch erst morgen wieder. Wie wäre es mit heute Nacht? Ich habe schon für uns ein Zimmer im Hotel Roma auf den Namen Follieri gebucht. Lass mich nicht warten!

(Anna hält mit dem Weinen inne, starrt Andrea fassungslos an.)
(Vorhang)

3

(Das Kind betritt die Bühne, schleppenden Schrittes. Ein Bild der Niedergeschlagenheit.)

KIND Jetzt ist es wieder passiert. Ich habe Anna weh getan. Dabei wollte ich das gar nicht… oder doch? Vielleicht doch. Ich bin so wütend. Wütend auf mich selbst. Wütend auf meine Familie. Wütend auf alles und nichts. Aber warum lasse ich es an Anna aus? Sie hat doch nichts getan um sich das in diesem Moment zu verdienen. Alles, was sie wollte, war mit mir in den Urlaub zu fahren. Es stimmt nicht, dass ich nur in diesen zwei Wochen Zeit habe. Natürlich nicht, *(mit kläglicher Stimme)* das war doch offensichtlich, nicht wahr? Warum habe ich dann diesen Streit vom Zaun gebrochen?

VATER *(betritt die Bühne, trocken)* Aus dem Wunsch heraus, der Überlegene sein zu wollen, natürlich.

KIND Aber warum wollte ich das?

VATER *(emotionslos)* Du hast dich immer schon unterlegen gefühlt. Deines Bruders wegen.

KIND Ja, weil Riccardo da war, wurde ich immer übersehen. Ich war nie gut genug. Ich hatte nie das Gefühl, dass man mich liebt.

VATER *(kalt)* Und dann hast du eine Entscheidung getroffen.

KIND *(leidenschaftlich)* Wenn man mich schon nicht liebt, dann sollte man mich wenigstens bewundern.

VATER Ein billiger Ersatz. Bewunderung ist keine Liebe.

KIND Aber immer noch besser, als gar nichts.

VATER Und nun?

KIND Annas Liebe, ihre Zuneigung, sie macht mir Angst. Ich kann das nicht erwidern. Es ist nichts, das ich kenne. Ich ertrage es kaum.

VATER Aber es ist genau das, was du immer wolltest.

KIND Aber ich weiß nichts damit anzufangen. Was will sie von mir? Was soll ich machen? Sie klebt an mir wie Kaugummi. Ich laufe weg, sie läuft mir nach. Klebt weiter an mir. Ich stoße sie von mir, sie läuft weg. Und dann...

VATER ...dann träumst du, dass sie dich verlässt. Brichst in Panik aus. Läufst ihr nach. Schlüpfst in die Rolle, in der sie dich sehen will. Die des liebevollen Freundes, Partners, Liebhabers. Sie ist glücklich. Und du auch.

KIND ...für einen Moment.

VATER Aber dann geht es alles wieder von vorne los.

KIND Ich weiß nicht, was ich tun soll.

VATER …ein Schritt vor und zwei zurück.

KIND …so habe ich es schon immer gemacht.

VATER …mit allen Frauen, die kamen und gingen.

KIND Ich konnte ihnen nicht vertrauen. Keiner von ihnen.

VATER So wie du deiner eigenen Mutter nicht mehr vertrauen konntest, als sie dich plötzlich nicht mehr erkannte.

Der Vorhang öffnet sich. Leicht erhöht auf einem Podest hinter dem Bett stehen drei Sessel, darauf hat bereits die Lust Platz genommen. Der Vater und das Kind nehmen die anderen Plätze ein. Ein weiterer, leerer Sessel steht in der Mitte vor dem Bett. Anna steht immer noch mitten im Raum. Andrea der unschlüssig herumsteht, nimmt schließlich in der Mitte Platz,

ANNA Du betrügst mich? Mit Sara? Ausgerechnet mit ihr?

VATER *(sarkastisch)* Ja, wenn es wenigstens Carla Giuliani wäre. Die hat wenigstens Klasse. Stattdessen muss es Sara, diese Matratze, sein.

LUST Sara ist vielleicht nicht die hellste Kerze auf dem Christbaum, aber dafür lässt sie Sachen mit sich machen, für die Anna doch viel zu prüde ist. Denk doch nur an die Nacht letzte Woche. Da wird selbst ein Pfarrer rot bei den Sachen, die du mit ihr gemacht hast.

VATER Immer mit der Ruhe. Jetzt musst du erst einmal aus der Situation herauskommen. Was willst du? Wenn du keinen Wert auf Anna mehr legst, dann jag sie jetzt zum Teufel…

LUST …oder streite alles ab. Ein Anruf, der genauso gut ein Scherz sein kann. Wozu Anna zum Teufel jagen, wo sie doch den Rest deiner Bedürfnisse perfekt erfüllt. Und für den Rest… hast du ja immer noch Sara.

VATER *(brummt)* Sara, das dumme Stück. Dämlich genug, hier anzurufen.

ANDREA Anna Liebes, das kannst du doch nicht ernsthaft glauben, dass ich dich mit dieser Schlampe betrügen würde.

ANNA *(leise)* Nein, ich hätte es wirklich nie von dir gedacht. Aber dieser Anruf von Sara…

ANDREA *(überzeugt)* …beweist überhaupt nichts.

ANNA …zusammen mit den Gerüchten, die ich von Elisa gehört habe. Sie hat mir neulich erzählt, sie hätte sich eingebildet, dich mit Sara in Rom gesehen zu haben. Händchenhaltend! Genau an dem Freitagabend, als ich gerade im Flieger aus Shanghai saß und fast einen Tag Verspätung hatte wegen des Lotsenstreiks. Ich habe es ihr nicht geglaubt und ihr gesagt, dass sie sich möglicherweise einfach nur verguckt hat. Aber offenbar hat sie es nicht.

VATER Siehst du, das hast du davon, wenn du so leichtsinnig bist. Du wurdest sogar gesehen du Trottel. Dumm genug, eine Affäre mit dieser Schlampe zu haben, und sich dann auch noch erwischen lassen. Los nun streite es schon ab, du Feigling!

ANDREA Es ist wahr, ich war tatsächlich mit Sara in Rom. *(Vater im Hintergrund stöhnt entnervt auf)* Aber doch nicht SO! Ich weiß, dass sie auf mich steht und sie baggert mich immer ziemlich heftig an, aber das ist doch nicht meine Schuld. Für mich ist sie einfach nur noch eine gute Freundin.

ANNA Also hattest du mal was mit ihr?

ANDREA Ja, aber das ist schon Jahre her. Deswegen haben wir einfach eine stärkere Bindung zueinander, weil wir miteinander geschlafen haben. Intimität schafft eben eine stärkere Bindung. Und du kannst nicht erwarten, dass ich noch Jungfrau war, als wir uns das erste Mal trafen. Du warst es ja auch nicht.

ANNA Nein, natürlich nicht. Aber ich habe stets einen klaren Schlussstrich gezogen und sowohl Enrico als auch Matteo sind mittlerweile verheiratet. Matteo wurde vergangen Monat sogar Vater.

LUST Wenn das nicht mal ein gelungener Schlussstrich ist. Wenn sie so genau über das Leben ihrer Verflossenen informiert ist…

ANDREA *(platzt heraus)* Das nennest du Schlussstrich? Dafür bist du aber ganz genau informiert!

ANNA *(verteidigend)* Es stand auf Facebook und eine Freundin von mir hat es geliked, deshalb wurde es mir angezeigt. Sie hatten ein Foto von ihrer Tochter hochgeladen, zusammen mit einem Brief an die Kleine, was sie ihr für ihr Leben wünschen.

KIND *(verwirrt)* Das denkt sich Anna doch gerade aus, oder? Das ist eine Ausrede...

LUST Frauen stehen auf so einen Kitsch.

VATER Nun, es klingt zumindest als Informationsquelle einigermaßen glaubhaft. Viele Eltern machen das, wahrscheinlich um Aufmerksamkeit auf sich zu lenken.

LUST *(kichert)* Glaub ihr kein Wort. Ertappte Frauen lügen, wenn sie den Mund aufmachen.

KIND *(fassungslos)* Du meinst, Anna belügt uns?

ANDREA Anna, du beschwerst dich über mich, dass mir Sara Blödsinn auf den Anrufbeantworter spricht, aber selbst bist du über alles informiert, was deine Expartner so treiben. Ich war nur mit ihr in Rom und jetzt glaubt sie, Chancen zu haben.

ANNA Der Anruf war doch wohl eindeutig!

ANDREA *(wütend)* Du glaubst mir nicht? Aber von mir erwartest du, dass ich dir glaube, dass du einen Post zur Geburt von Matteos Kind gelesen haben willst. Wahrscheinlich trefft ihr euch immer noch heimlich.

ANNA Das ist doch Unsinn, wie kommst du denn auf sowas? Es war doch nur… ich wollte doch nur…

KIND Sie wird rot und sie stottert! Das bedeutet, dass sie etwas verheimlicht!

ANDREA Was wolltest du nur? Mich eifersüchtig machen! Das wolltest du!

LUST *(feuert ihn lachend an)* Genau! Gib's ihr! Keine Gnade für solche Spielchen.

VATER Du weißt ganz genau, dass du jetzt völlig überzogen reagierst. Lass es sein, du zerschlägst nur unnötig Porzellan.

LUST Verführ sie lieber. Es gibt doch nichts besseres als Versöhnungssex. Darauf hätte ich jetzt wirklich Lust. Los, schnapp sie dir und reiß ihr die Klamotten vom Leib!

ANNA *(einlenkend)* Andrea, lass uns nicht streiten. Es ist sicher so, wie du sagst, es ist nur ein Scherzanruf von Sara. Vielleicht ist es ihre Art von Humor. Elisa meinte, sie ist manchmal ein bisschen komisch. *(Sie setzt sich auf das Bett.)*

KIND *(aufbrausend)* Warum spricht sie schlecht über Sara? Sie kennt sie doch überhaupt nicht!

ANDREA Was fällt dir eigentlich ein, so über Sara zu reden? Habt ihr nichts Besseres zu tun, als über alles und jeden zu klatschen? Ich hätte nie von dir gedacht, dass ausgerechnet du so eine Klatschbase bist.

ANNA *(abwehrend)* Ich bin keine Klatschbase. Ich kenne Sara doch kaum. Ich weiß von ihr auch nur, was die Leute so herumerzählen und auch gar nicht, ob es überhaupt stimmt. Ich glaube dir ja, dass es nur ein Scherzanruf war.

ANDREA Na also.

VATER Anna ist ja noch naiver, als ich gedacht habe. Das darf doch nicht wahr sein. Jedem Idioten müsste es doch auffallen, dass du sie angelogen hast. Aber sie ignoriert einfach das Offensichtliche. Ich dachte immer, dass du nicht in der Lage wärst, zu lieben. Aber sie ist genau wie du. Auch sie liebt dich nicht. Sie ist einfach nur besessen von dir, besessen von der Idee, aus dir einen guten Menschen zu machen, der du niemals sein kannst. Und auch niemals sein wirst. Du bist von Grund auf verdorben. Doch indem sie dich mit ihrer sogenannten Liebe überschüttet, kann sie sich einreden, dass sie gut ist. Dass sie einen Menschen auf dieser Welt gerettet hat. Sie will einfach der Tatsache nicht ins Auge sehen, dass sie es ist, die sich genau das wünschst, womit sie dich beinahe erdrückt. Du könntest ihr jetzt ins Gesicht schlagen und dich gleich danach entschuldigen, dass es nie wieder passiert, und sie würde dir trotzdem nicht den Rücken kehren. Sie ist abhängig von den kleinen Brocken Zuneigung, die du ihr hin und wieder zuwirfst und dafür ist sie bereit, die Tritte zu vergessen, die du ihr verpasst. Sie ist wie ein Hund…

LUST …sie ist wie eine Hure. Eine ganz billige Hure. Sie verkauft sich für nichts. Sie gibt dir alles, während du sie nur bezahlst. Ein nettes Wort. Eine winzige Geste. Ein Kuss. Das ist ihr

Lohn. Und sie überlässt dir bereitwillig ihren Körper. Macht die Beine bereit für dich. Na los, gibt ihr irgendetwas.

KIND Ja, schenk' ihr doch etwas. Du hast doch bestimmt etwas das du ihr geben kannst, oder nicht?

ANDREA *(nachdenklich)* Ja, was könnte ich ihr geben? Das mit dem Ring hat ja nun nicht funktioniert.

LUST Vergiss diesen Antrag. War da nicht noch in deiner Schublade… ein Schal, den Isabella einmal hier vergessen hat. Irgendwo in der hintersten Ecke?

KIND Der Seidenschal! Sag ihr, dass das eigentlich eine Überraschung für sie sein sollte. Schnell, sie schaut gerade in eine andere Richtung.

(Andrea geht um das Bett herum und fährt mit der Hand in die Schublade, und zieht den Schal heraus

Anna seufzt und streicht das Laken glatt, plötzlich stockt sie. Fährt erneut über die Stelle und zieht einen roten Slip aus der Falte)

ANNA Andrea, was ist das? Das ist keiner von meinen… und wir haben das Bett vor meiner Abreise neu bezogen.

(sinkt in sich zusammen, schlägt die Hände wieder vor das Gesicht)

ANNA Es ist doch kein Gerücht. Elisa hat sich nicht getäuscht. Du betrügst mich. *(Sie wirft ihm den Slip ins Gesicht)* Wie kannst du nur? Was soll das? Dabei habe ich alles für dich getan, alles! Selbst die Einrichtung in deiner Praxis habe ich dir finanziert! Und du betrügst mich mit Sara, dieser Schlampe! *(hysterisch)* Warum? Sag mir warum!

(Spotlight auf Anna, die immer noch auf dem Bett sitzt, Andrea starrt sie schweigend an, den Schal in einer Hand)

ANNA *(verzweifelt, die Worte purzeln nur so aus ihr heraus)* Alles, wirklich alles habe ich für Andrea getan. Immer versucht, es ihm recht zu machen. Wo er es doch immer so schwer hatte im Leben. Alles habe ich ihm verziehen. Schließlich konnte ich mir sein Verhalten ja erklären, ich wusste, worunter er so leidet. Es war klar, warum er sich so verhält. Dass er manchmal nicht anders konnte. Dass er so wütend ist. Dass er es eigentlich gar nicht meinte, egal wie böse es auch klang. Er hat sich ja auch immer ganz zerknirscht entschuldigt und ich war ja oftmals auch nicht unbeteiligt und habe ihn bestimmt mehr als einmal provoziert. Ich dachte, dass er sich langsam, aber sicher ändert, dass alles, was es dazu braucht, Liebe ist. Meine Liebe. Und eigentlich dachte ich, dass ich alles richtig mache. Dass trotz seiner Fehler ich endlich jemanden gefunden habe, der mich auch liebt. Der stolz auf mich ist. Mit dem ich über alles reden kann, der mit mir auf Augenhöhe ist. Der mir gibt, was ich brauche, der für mich da ist. Und nun finde ich heraus, dass er mich betrogen hat. Mit einer Frau, die es mit jedem treibt. Ich dachte, er wäre mir treu. So wie ich ihm treu bin. Ausgerechnet mit dieser Sara. Wer weiß, wie lange das schon geht? Oder ob es jemals aufgehört hat? Nein, das ist zu viel. Alles kann ich verzeihen, jeden Ausraster, jedes böse Wort. Aber das nicht. Alles liegt in Scherben, das kann ich nicht ertragen.

(Spotlight wird ausgeblendet, der gesamte Raum ist wieder beleuchtet)

ANNA *(ernüchtert)* Andrea, du hast mich betrogen. Das kann ich nicht ertragen. Ich kann dir so nicht mehr vertrauen. Es ist aus zwischen uns. *(Anna steht auf, wendet sich zum Gehen.)*

VATER Tja, das hast du jetzt davon. Das war abzusehen. Und es ist ganz alleine deine Schuld. Was musstest du das Mädchen auch betrügen?

LUST Ganz einfach. Die Kleine hat es im Bett nicht gebracht. Sie hat meine Bedürfnisse nicht befriedigt. Frigide Ziege.

KIND *(jammernd)* Ich habe Anna wehgetan…

ANDREA Ach, haltet die Klappe.

VATER Und jetzt bist du wieder wütend!

ANDREA Ich bin überhaupt nicht wütend.

KIND Bist du doch.

ANDREA Habe ich jetzt nicht einmal mehr das Recht, wütend zu sein? Es ist Annas Schuld! Wäre sie nicht früher hier hereingeschneit, dann wäre die Sache mit Sara niemals aufgeflogen!

LUST Es ist so nervig. Sara ist ja ganz nett für die extravaganten Sachen, aber für den täglichen Blowjob war Anna dann doch recht gut zu gebrauchen. Und jetzt muss ich mir schon wieder ein neues Spielzeug suchen. Sag ihr, dass sie eine fette

Schlampe ist, die sowieso niemand mehr haben will.

KIND Ich will aber Anna, und nicht nur Sara!

LUST Immerhin hat sie dir ja nur eine kurze Szene gemacht. Nicht so wie die Letzte…

VATER Du suchst dir ja sowieso nur die Verrückten aus. Oder die Seltsamen. Oder so richtige Loser. Anna war eine recht angenehme Ausnahme. Vielleicht ein bisschen begriffsstutzig, zu dumm um zu sehen, was du wirklich für einer bist. Sie hat überhaupt nicht verstanden, worauf sie sich einlässt.

LUST Und deinetwegen hat sie viele Freunde verloren.

KIND Aber Anna hat doch mich! Sie braucht nur mich!

VATER Ich sagte ja, sie ist nicht die Hellste. Vor der Entscheidung eine langjährige Freundschaft zu beenden, weil es hieß die oder ich, sich für dich zu entscheiden… So dumm muss man erst einmal sein.

LUST Die Kleine soll endlich erwachsen werden. Sie ist selbst schuld, dass Sara sozusagen als Backup gebraucht wurde. Ständig war irgendetwas anderes…

VATER Ja. Das war schon ein Nachteil, Anna war eher ein bisschen auf der dramatischen Seite. Still, aber doch dramatisch. Aber gut, es ist jetzt vorbei. Lass das Mädchen ziehen, such dir eine andere. Und versteck deine Affären in Zukunft besser. Wir wissen doch, dass du mit einer alleine nie zufrieden sein wirst. Unersättlich, wie du nun mal bist.

LUST *(an das Kind gewandt)* Weißt du, am Ende war nicht ich es, die dieses ganze Drama hier verursacht hat. Du dagegen hättest dich ändern können, hättest wachsen können. Aber du wolltest nicht.

KIND Doch, doch! Ich wollte wachsen! Wollte Anna beschützen. Wollte, dass sie bei mir bleibt!

LUST Du lügst dir selbst etwas vor. Es geht dir nicht um Anna, oder irgendjemand anderes. Es geht dir nur um dich selbst. Und dein Bedürfnis nach Bestätigung aus deiner Umwelt. Du bist wie ein Vampir, du saugst diese Mädchen aus, dann wirfst du sie weg. Ich bin nur ein Bedürfnis, ein normaler Trieb, der gestillt werden muss. Mich kann man ignorieren, stillen, befriedigen, ausleben oder unterdrücken. Aber ich ändere ich mich nicht. Ich bin da. In jedem Menschen, mal mehr, mal weniger. Auch Anna kennt mich. Sara kennt mich. Jeder. Ich bin wahllos. Ich bin ziellos. Du dagegen bist zügellos. Du weinst, dass sie dich verlässt. Doch alles, was du bislang getan hast, zielte doch genau darauf ab. Du wolltest es doch ganz genau so. Von Anfang an.

ANDREA Halt die Klappe, verschwinde! Nur deinetwegen stecke ich in dieser Klemme! Diese ewige Geilheit. Verschwinde. Ich will das nicht mehr! Verschwinde!

LUST *(schmollend)* Wie du willst.

(Lust erhebt sich und verlässt die Bühne. Der Sessel ist noch einen

Moment beleuchtet, dann erlischt das Licht.)

VATER *(ebenfalls an das Kind gewandt)* Und jetzt hast du Angst, dass dir diese Versorgung wegbricht und du aushalten musst, bist du eine Neue gefunden hast. Die dumm genug ist, auf dich hereinzufallen. Ein hartes Stück Arbeit. Anna wird einen anderen finden. Früher oder später wird sie aufwachen und verstehen, was hier passiert ist. Selbst die Dümmsten lernen, wenn der Schock nur groß genug ist.

KIND *(schreit)* Sie wird mich verlassen! Sie darf mich nicht verlassen! Ich will nicht, dass sie einen anderen findet. Niemand liebt Anna so wie ich. Niemand wird sie mehr lieben als ich!

VATER *(zum Kind)* Du lügst. Und du weißt, dass du lügst. Spar dir dieses Unschuldsgetue.

ANDREA *(zum Vater)* Verschwinde! Hör auf, mich ständig nieder zu machen. Immer hackst du auf mir herum. Nichts ist gut genug. Egal, was ich mache, du kritisierst mich. Niemals mache ich etwas richtig! Hau ab, verschwinde! Raus aus meinem Kopf!

VATER Weißt du überhaupt, was du da sagst? Weißt du, was passiert, wenn ich gehe? Gut, ich werde es dir zeigen. *(wieder an das Kind gewandt)* Hör auf zu lügen! Nimm. Endlich. Die. Maske. Ab.

Nach einem verlängerten Moment der Stille schreit das Kind gequält auf, wirft den Teddy von sich, beginnt sich in quälender Verzweiflung den Overall-Schlafanzug des Kindes vom Leib zu reißen, die Beleuchtung flackert immer mehr zu Rot. Dann richtet die Person sich langsam auf, wie ein Raubtier mit wirrem Haar und irrem Gesichtsausdruck.

VATER *(leise)* Siehst du… die Maske ist gefallen. Das ist dein wahres Ich. Das ist das, was bleibt, wenn ich gehe.

(Der Vater steht auf und schlurft von der Bühne, auf den Stock gestützt, das Bild eines gebrochenen Mannes. Das Licht über dem Sessel geht aus.)

KIND/WAHNSINN *(mit bedrohlicher Stimme)* Anna wird mich nicht verlassen. Anna hat kein Recht dazu. Wenn sie mich nicht mehr will, dann soll niemand anders sie bekommen.

Das Kind/der Wahnsinn geht auf Andrea zu, der in der Mitte sitzt, legt ihm beide Hände auf die Schulter. Andrea legt eine Hand auf die Hand des Wahnsinns, wie um die Entscheidung der Kritiker zu akzeptieren, dann steht Andrea auf.
Er wickelt sich den Seidenschal wie ein Boxer um die Hände, geht auf Anna zu. Er erwürgt sie von hinten. Man hört den Wahnsinn, der immer noch hinter dem Sessel steht, laut lachen, während der Vorhang zugeht. Andrea zieht das Halstuch weg, und geht von der Bühne, während Anna zusammenbricht. Das Licht geht aus, der Vorhang schließt sich.

Ein ganz besonderes Danke an Katharina Hoffjann für das Testlesen, Lektorat und den unermüdlichen Support!

Dimitri Moretti gilt meine ewige Dankbarkeit für den Unterricht in InDesign und das professionelle Feedback. Ein Dankeschön auch an Tiberio Galletti für die Hilfe beim Coverdesign, irgendwann werden Photoshop und ich auch noch Freunde.

Die Autorin möchte sich an dieser Stelle auch bei den drei größten Arschlöchern bedanken, die sie je in ihrem Leben getroffen hat. Dies ist eure Geschichte.

.

E un ch'avea perduti ambo li orecchi
per la freddura, pur col viso in giùe, disse:
«Perché cotanto in noi ti specchi?

MIX

Papier | Fördert
gute Waldnutzung

FSC® C083411

Zeitfracht Medien GmbH
Ferdinand-Jühlke-Straße 7
99095 Erfurt, Deutschland
produktsicherheit@kolibri360.de